五月詩社
截句選

郭永秀 主編

【總序】
不忘初心

李瑞騰

　　一些寫詩的人集結成為一個團體，是為「詩社」。「一些」是多少？沒有一個地方有規範；寫詩的人簡稱「詩人」，沒有證照，當然更不是一種職業；集結是一個什麼樣的概念？通常是有人起心動念，時機成熟就發起了，找一些朋友來參加，他們之間或有情誼，也可能理念相近，可以互相切磋詩藝，有時聚會聊天，東家長西家短的，然後他們可能會想辦一份詩刊，作為公共平台，發表詩或者關於詩的意見，也開放給非社員投稿；看不順眼，或聽不下去，

就可能論爭，有單挑，有打群架，總之熱鬧滾滾。

　　作為一個團體，詩社可能會有組織章程、同仁公約等，但也可能什麼都沒有，很多事說說也就決定了。因此就有人說，這是剛性的，那是柔性的；依我看，詩人的團體，都是柔性的，當然程度是會有所差別的。

　　「臺灣詩學季刊雜誌社」看起來是「雜誌社」，但其實是「詩社」，一開始辦了一個詩刊《臺灣詩學季刊》（出了四十期），後來多發展出《吹鼓吹詩論壇》，原來的那個季刊就轉型成《臺灣詩學學刊》。我曾說，這一社兩刊的形態，在臺灣是沒有過的；這幾年，又致力於圖書出版，包括同仁詩集、選集、截句系列、詩論叢等，迄今已出版超過百本了。

　　根據白靈提供的資料，2020年將會有6本書出版：

一、截句詩系

新加坡詩社　郭永秀主編／《五月詩社截句選》

雲朵／《舞截句》

二、臺灣詩學同仁詩叢

王羅蜜多／《大海我閣來矣》

郭至卿／《剩餘的天空》

三、臺灣詩學詩論叢

李瑞騰主編／《微的宇宙：現代華文截句詩學》

李桂媚／《詩路尋光：詩人本事》

　　截句推行幾年，已往境外擴展，往更年輕的世代扎根了。今年有二本，一是新加坡《五月詩社截句選》，由郭永秀社長主編；一是本社同仁雲朵的《舞截句》。加上2018年與東吳大學中文系合辦「現代截句研討會論文彙編成《微的宇宙：現代華文截句詩學》，則從創作到論述，成果已相當豐碩。

　　「臺灣詩學詩論叢」除《微的宇宙：現代華文截句詩學》，有同仁李桂媚的《詩路尋光：詩人本事》。桂媚寫詩、論詩、編詩，能靜能動，相當全方位，幾年前在彰化文化局出版《詩人本事》

（2016），前年有《色彩・符號・圖象的詩重奏》納入本論叢（2018），今年這本「詩人本事」，振葉尋根，直探詩人詩心之作。

今年「同仁詩叢」，有王羅蜜多《大海我閣來矣》主題為海，全用台語寫成；郭至卿擅長俳句，今出版《剩餘的天空》，長短篇什，字句皆極精練。我各擬十問，讓作者回答，盼能幫助讀者更清楚認識詩人。

詩之為藝，語言是關鍵，從里巷歌謠之俚俗與迴環復沓，到講究聲律的「欲使宮羽相變，低昂互節，若前有浮聲，則後須切響」（《宋書・謝靈運傳論》），是詩人的素養和能力；一但集結成社，團隊的力量就必須出來，至於把力量放在哪裡？怎麼去運作？共識很重要，那正是集體的智慧。

臺灣詩學季刊社將不忘初心，在應行可行之事務上全力以赴。

序五月詩社截句選

郭永秀

　　2019年5月31日至6月3日，我出席了由東南亞華文詩人筆會與中國浙江越秀外國語學院、中國語言文化學院共同舉辦的「第十屆東南亞華文詩人大會」暨「東南亞華文詩歌研究國際學術研討會」。在會上認識了來自臺灣的詩人白靈老師。白靈老師創作甚豐，對現代詩的發展貢獻良多，特別是對近年來現代詩中的截句，極有研究。

　　言談之中，白靈老師希望我能為新加坡五月詩社組稿，然後由他安排在臺灣出版一本《五月詩社截句選》。

　　回新加坡後由於雜事纏身，差點忘了這個事。今年初白靈先生再次催促，我就向詩社的社員們邀稿，收錄20位社員的截句，先到先選。

　　新加坡上世紀60年代到80年代的詩歌創作，受臺灣詩壇的影響非常大。作為新加坡唯一的現代詩社的五月詩社，70年代便高舉現代詩的大旗，為新加坡現代詩的茁壯成長和發展，貢獻了最大的力量。後來慢慢走出了臺灣及歐美的影子，創作了許多具有南洋風格和本土色彩的現代詩。

　　近年來許多不同形式的現代詩也陸陸續續在本地詩壇出現，比如少於十行的小詩、六行詩、三行詩，二行詩以及源自西方形式的十四行詩、甚至只有一行或一個字的詩。

　　白靈老師所提倡的截句，通常指的是四行以內的詩。新加坡也有一些詩人嘗試寫截句，但是數量上還不多，出版截句詩集或截句選的更少。我確信現代詩無所不能，本地的現代詩人也一樣，而截句是一個有待開拓的寫作形式。

　　感謝白靈先生的邀約，這本《五月詩社截句選》
才有機會面世。由於截句並非五月詩人的特長，多數
社員們對截句的寫法並不熟悉。大部分截句都是由原
來的詩作中截取其中較為關鍵和經典的句子而成，只
有少數詩人直接創作截句。

　　五月詩人相信現代詩有無限大的空間。它可長可
短、形式千變萬化。截句雖然只有四行或更少，但意
簡言駭，具有很大的爆發力。我們帶著學習的態度，
希望通過這一次的組稿，社員們有機會互相觀摩、學
習和探索，更深一層的瞭解截句的特點和寫作方式。

　　這也是五月詩社第一次在新加坡本土以外出版詩
選，希望通過這樣的安排，能與臺灣詩人互相切磋學
習，促進兩地詩人的交流和交往。

　　這本截句選收錄了五月詩社老、中、青三代詩人
的創作。它的出版，標誌著五月詩人求新求變、勇於
嘗試、不斷求索的精神，同時也希望能達到拋磚引玉
的目的。是為序。

2020年10月

目　次

輯一 ｜蔡志禮

輯二｜蔡家梁

輯三｜陳軍榮

輯四 ｜ 淡瑩

輯五｜董農政

輯六｜郭永秀

輯九 ｜ 林方

輯十 ｜ 林錦

輯十一 ｜ 林也

輯十二 ｜ 劉瑞金

輯十三 ‖ 沈斯涵

輯十四 王潤華

輯十五 伍木

輯十六｜希尼爾

輯十七 | 韓昕餘

輯十八 | 鄭景祥

輯十九 | 周德成

輯二十 | 周昊

蔡志禮

作者介紹

　　蔡志禮，五月詩社社長、當代藝術研究會會長、國家文化獎文學評審團主席、《藝術研究》總編輯、文化獎得主作品翻譯系列編輯顧問、全國駐校作家計畫主持人。曾任南洋理工大學博導、南方大學中文系主任和藝術設計學院院長。他擁有美國威斯康欣大學東亞語言暨文學博士學位，擅長創作現代詩、歌詞和閃小說。著有詩集《聆聽陌地聲》。

書香

聽一窗蕉風作響

彈一曲椰雨悠揚

游過黃河長江

南洋依然是夢鄉

——截自《書香》

法國梧桐

不好意思搞錯了你的故鄉

你原籍中國不是法國

不好意思喚錯了你的名字

你叫法國不叫中國

被隔離的春天

雪萊滿懷信心地預言

冬天來了，春天還會遠嗎？

但庚子年的春色因為擔心感染

被隔離得好遠好遠

船染

雖說已經安全地下了船

但我漂泊的心一直靠不了岸

只因那些同船戴著帽子的乘客

還拖著行李四處遊蕩

後記：2020年初冠狀病毒疫情蔓延，豪華遊
　　　輪鑽石公主號在日本橫濱市靠岸前，
　　　一些乘客確診患病，船上所有的人不
　　　准離船，須接受14天隔離檢疫。結果
　　　船上確診人數激增至700人左右。後
　　　來日本當局還因疏忽讓23人未經檢測
　　　就下船，引起社會恐慌。

變臉

你看那花開花又謝

緣起緣又滅

在這瞬息萬變的大千世界

誰又在乎我是悟空還是八戒

　　　　　——截自《變臉》

魚市裡的魚

我們像戀人般曖昧地躺著

一面溫柔地以微溫尚存的靈魂

撫慰著彼此漸漸冰冷的軀體

一面愉悅地回憶深海淺淺的笑意

——截自《魚市裡的魚》

心底蛙

我要留一頭飄逸的髮
攀爬出這高高的圍牆
我要用一卷柔情的舌
纏住夢裡的那朵小花

　　　　——截自《心底蛙》

掛一枚月亮在家中

掛一枚月亮在家中

好讓照過歷史興衰的清輝也俯視

書架上那幾冊面容枯槁的線裝書

映一映遺臣不忘前朝衣冠的情操

——截自《掛一枚月亮在家中》

父愛

父親並不是一個完美的人

但給予我們的愛始終無暇

世上最遠的距離

世上最遠的距離

不是日夜思念卻不能夠在一起

而是各自低頭盯著手機

而是我已忘了世上有你

——截自《世上最遠的距離》

蔡家梁

作者介紹

　　蔡家梁，筆名學楓。曾任新加坡作家協會副會長，五月詩社社員。新加坡南大會計系榮譽學位畢業，芝大商業管理最高榮譽碩士。曾獲新加坡金獅獎散文組第一名、金筆獎詩歌第二名、黔台杯優秀獎、「德孝廉」小小說獎和方修文學獎等。著有散文集《摘心羅漢》（1997），主編新加坡的第一本閃小說選集《星空依然閃爍》。

老嫗

髮梢上寥寂

記載風過的痕跡

餘暉晾心境

梯田風光

泥路竭蹶倦
棲坐息為一座山
寧神心成禪

行山玩水

山水行玩樂

匯盈盈如流溪河

一程沁心歌

草書

墨林中

字得

其

樂

風景

你說你喜歡我的眼睛

我說你是我的眼睛

眼睛是我的視線

你是我的風景

九宮格言

橫豎的格子

學習著一種紀律

我們步步為營

溫度

如果思念有個溫度

對你　我想

沒有一百也有九十五

綿羊

一朵朵雲裳

披在身上

迎來剪刀的青睞

樹和影

樹很高

天空很低

影子　你的

在眼底

超越童話

那一襲容顏

掩飾了秋天的盛彩

低迴令人休克的英姿

喚醒路過的風景

陳軍榮

三

作者介紹

　　一位在風水、風潮、風味中尋找停泊港灣的行者。
　　一位在玄海、文海、藝海中浪跡天涯的閑雲旅人。

　　陳軍榮，1954年在新加坡出生。詩畫相輔。畫作堅持要寫一首詩

　　大氣磅礡戲品風雲，小巧玲瓏玩味點滴，彈撥東方神祕風韻，澎湃西方無常表現。出版詩集二本：《心觀》、《風雅頌》，畫冊三本。

隔離夜思

沉寂

等待眼淚的

非常自已

沙漠群耕

河的兩岸

喧嘩那一邊

留下

半滅的東風

廬山

山巒水巒漫花間

爐香薰紫一片天

雲伴飛瀑煙霧繚

神仙伴你度晨昏

黎明時分

透徹金黃

在嗅覺中流走

高腳杯迷惑了

喧嘩角落

半百老樹

在博物館
守望著
偶爾走過的滄桑
重新。開花結果

愛情的結晶

深深淺淺中

淡淡的微香

回味無窮

無名序

大夫安好乎

遠遊。訪魚獅神獸

幾時回返。

移民。愛上吐苦水

放生

大小門

早登極樂

本無門

回歸地獄

夫妻新常態

相見容易相處難

朝夕相對。忘了距離

一丈之夫。忘了阻隔

面壁思過

論道太極

我心空空

容納四方

我心虛虛

消遙八面

淡瑩

作者介紹

　　淡瑩，原名劉寶珍，祖籍廣東梅縣，出生於馬來西亞，新加坡公民。國立臺灣大學畢業，美國威斯康辛大學碩士。曾執教於加州大學聖塔巴巴拉分校、南洋大學、新加坡國立大學。著有詩集《千萬遍陽關》、《單人道》、《太極詩譜》、《髮上歲月》、《淡瑩文集》、《也是人間事》、《詩路》。曾榮獲東南亞文學獎、新加坡文化獎、萬寶龍文學獎、新加坡華文詩歌獎。

出門進門

進了門，我是孤燈一盞

在昏暗的光影下

不斷地咳嗽

咳出滿桌淩亂的字體

——截自《出門進門》

曬衣

擰乾後

用力一抖

就抖出片片陽光

——截自《曬衣》

心願

我已看盡花開花謝

正以淡淡的心情

走向燈火闌珊處

——截自《心願》

聽蟬

何以聽蟬的人

一過了年少

就有一種被揉碎

甚至冰浸過的細細感覺

——截自《聽蟬》

楚霸王

縱使父老願再稱他一聲

西　楚　霸　王

他的容貌

已零落成黃昏

——截自《楚霸王》

虞姬

在那雙重瞳裡

她是一朵開錯了季節的海棠花

飲罷酒，舞罷劍

就遽然化作一堆春泥

　　　　　　　——截自《虞姬》

傘內・傘外

二月底三月初
我摺起傘外的雨季
你敢不敢也摺起我
收在貼胸的口袋裡

——截自《傘內・傘外》

飛鴻

每一個生命

開始時都是石破天驚

結束時只是悠悠的

一聲梵唱

　　　——截自《飛鴻》

年輪

這些日子總不經意地聽見

月落聲，火焚聲

甚至年輪的迴旋聲

在體內的關節鼓噪

——截自《年輪》

春

每一朵花蕾

都是等著下凡

開心郊遊的

春的跫音

——截自《春》

輯

董農政

五

作者介紹

　　董農政，1977年開始獲得多項全國詩歌創作比賽大獎。曾任南洋商報與聯合晚報副刊編輯，為晚報文藝版《晚風》、《文藝》創刊主編。現為新加坡作協受邀理事、五月詩社會員。編過作協刊物《微型小說季刊》。著作有詩集、攝影詩集、微型小說集及微型與散文合集，編選《跨世紀微型小說選》。現從事堪輿行業，著有近三十部術數叢書。

口罩

親愛的，你相信不
一面隔離，兩面傷心
是，你只能這樣
用呼吸相信這樣的保證

握手

親愛的，不管你相信不
兩掌廝守，一心恐懼
不，你不能那樣
用揮手質疑那樣的確診

晚宴

所有心病

偏都坐到這張圓桌來

筷子夾不起酒色與菜色

只夾紅酒酒杯裡勾腸扯肚的血色

不見了貓

遺落兩鬢慵懶後，必定懂得

天地合而未合離又不離

那一剎那或蹲或趴的

寂寞眯起，盤古勃起

此刻，你來了嗎

容我把昨宵露水燒開

順道把去歲封起的殘局敲醒

看風雲是否還在

一杯江湖的茶葉上發呆

磨苦

袈裟是出世度牒

披滿隔世的藏藏躲躲

一心要將一個苦字

磨亮每一滴跨不出家門的水

曠影

橋孤，獨向午後深

草野，蠻如冬前冷

我，不思也不量

撞傷滿懷許許多多，人，影

大選

一定要把柴米油鹽醬醋茶

一直加一直加

幸福，才能在詭異競選台後

幸福上架

燕雨

河畔有雨

垂直千年輕絲

如撐篙潛進的依戀

追索那剪迷津百世的燕

有

有蓮，在葉前掩簾
一池無所事事的臉
合起隱喻
菩薩了千年

郭永秀

作者介紹

　　郭永秀，新加坡知名詩人及音樂工作者，世界華文作家交流協會會長、五月詩社榮譽社長、錫山文藝中心主席、中國潮汕文學院名譽院長、作家協會理事、作曲家協會顧問、音樂家協會副會長、福州會館合唱團及銀河民族樂團音樂總監暨指揮。作品被收入新加坡本土與海外許多詩歌辭典及教科書中。出版了6本詩集、1本散文集、1本音樂評論集以及1本歌曲創作集。

　　榮獲歌曲創作比賽優勝獎、詞曲版權協會「卓越才藝獎」、詩集《筷子的故事》獲「高度表揚獎」。他在新加坡及中國北京，舉辦四場個人音樂作品發表會，深獲好評。

筷子

五指微攏，輕輕

夾起五千年的芬芳

精緻，如慢磨細琢的象牙雕刻

輕靈，如伸縮自如的關節

　　　　——截自《筷子的故事》

夏日荷塘

微風無意翻動，翻出

一池翡翠的巨掌

搖過來，你依依的眷戀

搖過去，我無止的牽掛

——截自《四季相思》

建築物

望上去，天空像一塊啃剩的隔夜麵包
建築物，四面八方圍攏過來
且貪婪地伸長脖子
像飢餓的狼群

　　　　　　　　——截自《建築物》

泥土

在瀝青柏油的擠壓下

任雙腳踩著四個疾轉的輪

在沒有起點與終站的馬路上

輾成一道道　　斷根的痛楚

　　　　　　　——截自《泥土》

露珠

昨夜，不知哪位愛哭的仙女

在此流下思凡的淚

至今仍在掌中

滾著滴溜溜的晶瑩

　　　　　　——截自《荷塘》

長髮

柔若風，若愛人輕輕的耳語
神祕如黑洞，如深邃的黑森林
千種柔情萬般蜜意
都在這溺人的黑旋渦裡

──截自《詠長髮》

希望

撐傘，撐起絲絲希望

希望卻如墜落的雨絲

流淌成一地狂奔的

淚水

——截自《等你，在綿綿的雨中》

彈箏

音符如晨起葉尖上流淌的露珠

因凝視朝陽而忘了滴落

兩根辮子輕輕晃動，如不止的纏弦

一朵微笑，在素淨的臉龐上綻開

——截自《彈箏的小女孩》

千年之約

走入島上，走入夢

走向千年前的盛唐

那一束指引的燈光

走向泖塔瘦瘦的背影

　　　　——截自《太陽島之歌》

薩斯

如原子核之連鎖反應

跨越國界，地球倏地升溫

咳咳，世界在顫抖

咳咳，生命在哀嚎

——截自《隔離，以愛和堅持》

李寧強

七

作者介紹

　　李寧強，一手拿筆，一手拿相機的文圖創作人。1953年生。原籍福建金門。1979年畢業於南洋大學。曾任電視臺新聞編輯、記錄片製作人、電視劇導演及監製達三十年。2008年退出傳媒界，開拓攝影結合文學創作道路，在攝影中構思畫意，畫意裡尋找詩意。2017年被新加坡國家圖書館選為獅城作家系列推薦作家。

　　著有三本攝影文集《像由心生》《千眼一點》及《心田無疆》、一本攝影詩集《風向雞》、兩本散文集《說從頭》及《回甘》，並參於三本詩歌合集。

《攝影五式》
　　──截自《風向雞》之《廣角鏡》

1.自拍

眼裡不出西施

出的是自我膨脹

從此槍口不再向外

回馬一槍，擊斃所有矜持

2.對焦

我是巡遊的鷹

隨時突擊秋波那尾魚

以三十分之一秒沖勢

尋你，在深困的秘穴

3.人像寫真

青春是一塊發亮方糖

欲望是飛蠅，以貪婪眼光

誘惑眉間媚笑

霸著獵物絕不退讓

4.特寫

歲月如螞蟻攀牆

穿過屋簷失去蹤跡

掌心一筐心事

陷入黑暗紋路

5.快門

快門不快

快門不是午門
不關生死，只圖痛快
一失手，壓死一隻青春小鳥

聖托里尼在打盹

下午在煮一壺海

雙眸打翻一本時間的書

等不及咖啡叫醒

冥想早游向金色愛琴海

——截自《海邊一群建築客工》

咖啡狂想

不要盲愛卡布其諾
不要在黑夢裡拉花

不要，在苦澀中鋪墊雪花
不要，關在聽不到雨的世界喝發黃的感傷

　　　　　——截自《跌入南洋咖啡的黑洞》

方塊字

仿若燈蛾紛紛飛至

一個家族的悲歌

不是一個鉛字所能承載的

重

　　　——截自《文字夢魘》

近晚

黑暗張開雙翼

不小心灑落藏好的黃昏

只有晚風

接住

——截自《候鳥進行曲》

禁足

如果夜黑

可以點燈端詳自己的影子

床邊拖鞋青春正豔

彷彿是一對怨偶不言不語

　　　　　——截自《割斷》

──────── 林得楠 ────────

作者介紹

　　林得楠，新加坡作家協會會長（2016－），新加坡出版社玲子傳媒執行董事兼總編輯，少年時期開始發表詩作。2001年獲得新加坡國家藝術理事會主辦金筆獎華文詩歌組第二名，2003年獲得金筆獎第一名；1991年出版詩帖《懷念小燈籠》，2005年出版詩集《夢見詩》（新加坡文學獎2007入圍作品），2017年推出《如果還有螢火蟲》彩色詩集（新加坡文學獎2018入圍作品）。

　　林得楠也從事兒童文學創作，曾以「喊喊哥哥」為筆名主持兒童信箱長達十年，是多部兒童繪本的撰稿人。

對峙

用暴力將歷史剪半
一半流血，一半流淚
在刀刃與筆墨的對峙中
一邊鈍了，一邊乾了

人傳人

這些日子

我想寫憂傷的詩

可是沒有一首詩歌

需要人傳人的哀愁

社交距離

一米看似陰陽對望

兩米疑似兩極對立

三米確診為真相對假像的沉默

四米卻是生靈對永恆的鞠躬

南北

隔山隔水的時空

是最遙遠的回眸

回眸的距離卻是左步與右步的方寸

一步即南，一步即北

線

我在線上

等待生活上線

日子在線下

癡癡等我以實體下線

封鎖

沉寂之後

聽見長堤徘徊的足音

隔離之後

看見兩岸相思的距離

Safe Entry

我登記入場忘記掃描退場

這是人生的新常態

我進出日常回避無常

以半張臉展示平安

購物

人權牌自由，自由牌人權
在經濟強國中都明碼標價
高高低低，層層疊疊
擺在霸級市場的貨架上

大選

票・票・票・票・票・票
票・票・票・票・票・票
之間
請保持安全距離

愛情

我的出征如你的淚飄落印度洋

我無法分清

那一種浪來自哪一種水

哪一尾魚游向哪一個岸

林方

作者介紹

　　林方，祖籍中國廣東省潮安縣，新加坡公民。早年就讀新加坡義安學院中文系，後經商，從事文化相關活動，已退休多年。

　　1959年畢業於臺灣中華文藝函授學校第十五屆詩歌班，開始創作現代詩。蒙班主任已故名詩人覃子豪先生期許為充滿希望的詩人。已出版詩集有《水窮處看雲》及《林方短詩選》。

　　曾任新加坡五月詩社社長、五月詩刊主編、新加坡潮州八邑會館董事兼義務秘書及文教委員會副主席兼出版組主任，編印新加坡潮州八邑會館叢書計50種，頗獲佳評。

世紀

守候是一種虐待

我們不等待陽光

我們要尋覓日夜星辰的門檻

　　——截自1961年《世紀》

遊子吟

而望斷雲天

客人！你不知道雲飄進我眼中

輕⋯⋯輕地，你不知道！你不知道！

──截自1962年《遊子吟》

蠟燭

淚花滴滴落下
一如靜夜裡聲聲禱語喃喃
喃喃的禱語串成黃玫瑰的花環

　　　　——截自1962年《蠟燭》

星之葬禮

一顆熄了的星葬於無垠的黑暗
卻在我卑微的臉上發現他殘留的光痕

————截自1963年《星之葬禮》

幕

而茅屋裡油燈打著瞌睡

時間在虛無裡太息

如病人脈搏，一下，又一下

——截自1963年《幕》

廢墟

長長長長的陋巷納入俚曲，吐出
零時的砧聲，把夜的尾巴剁成
肉碎的那種樣子

——截自1981年《廢墟》

稻草人

那人，依照他的形象造我
太陽隨手丟來一副面具
我權且把自己推給風

──截自1982年《稻草人》

敝屣

那年凌絕頂

面對古畫封禪的空白

四顧無人，乃跺腳

鈐上並列兩方鑒賞的閒章

——截自2001年《敝屣》

一把橡實

假如生存

必須依賴流血

假如傷口的擴大

正是成長的象徵

　　　——截自1985年《一把橡實》

雨季

點點滴滴

簷溜垂掛成串虛線

每一行省略號

都點滴著不了情

——截自2017年《雨季》

思念

也許，我的思念

已被一枚大頭針

定格為一具蝴蝶標本

——截自2017年《思念》

詩人的踱步

背手之姿有酩酊的意味

你自晨光中來，

自雲彩之後

——1963年《詩人的踱步》

林錦

作者介紹

　　林錦，新加坡作家協會理事。已出版著作有散文集《雞蛋花下》、《鄉間小路》，微型小說集《我不要勝利》、《春是用眼睛看的》、《搭車傳奇》，學術論著《戰前五年新馬文學理論研究》等。曾獲新加坡「羅步歌散文創作賽」首獎、《源》散文優秀獎、方修文學獎散文優秀獎，金鷹杯東南亞微型小說二等獎、世界華文微型小說雙年獎三等獎。

不再漂泊

我不想再漂泊了

在無邊無際茫茫的文字海洋

毅然拋下沉重的錨

卻激起一朵怦然心動的截句

螃蟹

天生橫行霸道，竟然屈跪

迎接老饕檢視的目光

不再耀武揚威的雙螯

能守護多少豐腴的脂膏

太極布鞋

輕輕提起，輕輕
放下，輕輕
提起與放下之間
閑雲飄，野鶴飛

時間

童年拋來一塊石頭我欣然接住

它結結實實地壓著

竭盡心力推開百般折騰

童顏已成鶴髮

滑輪的走向

法律是懸在公正的滑輪

扯著抽象的長長繩索

一頭套住無惡不作的罪魁禍首

一頭緊抓著無數控訴悲憤的手

酗情者

我把凳子倒過來，坐黑
屋瓦上只有貓兒煽情的夜
你躲在轉角處偷窺桌上的一瓶黑一瓶白
我沒醉，醉的是酒瓶裡的眼神

交通燈

紋風不動，十字路口站著

無需招手無需吆喝

要走，要停

全得看我的眼色

空

午後莊嚴的頌經聲微微晃動

牆內徐風習習的竹

探頭看素色圍牆外

枯坐著一個癯瘦的老乞丐

蠔

隱姓埋名於海峽兩岸

自蔣時代結束後

東一聲蚵仔，西一聲牡蠣

喊得我瘋成一碟七嘴八舌的蠔煎

牆

密實的牆是一個具體的意象

牆內純真的思想，牆外難測的邪念

只能用曉以大義的詞語

詮釋百年屈辱的體驗

林也

十一

作者介紹

　　林也，原名林益華，新加坡人，畢業於南洋大學。五月詩社社員。詩作《祖母，午安》被選入由爾雅出版社詩人張默主編的《七十七年詩選》。著作有：《花串》（詩集，1970年與張夢野合著），《8人詩集》（1975年），《彩色分析》（詩集，1984年），《問道九章》（詩文集，2019年）。

相思樹下

想著，在相思樹下

撿拾著雙眼迷惘

又聽見隱隱笑語

無邊奔來

按：新加坡南洋大學有「山山皆秀色，
　　樹樹盡相思」之美名。廣闊的校園
　　（雲南園）處處種著相思樹，開花
　　時節，樹樹盡是小黃花。

晨雨

灰雲遂以赤子之心揚帆

觸目處

一片煙霧茫茫

滿園相思黃花

綠裝
——組詩《彩色分析》其四

戎裝鋼盔之間

士兵植草

枯佇敵人　站成

一支驚覺的槍

征途
——拙作《跑道》截句

你聽聽簷角雨滴

壁上徐悲鴻的馬神采奪人

明天出發時

將是天朗萬里

街頭

車笛聲不斷吆喝而來
切斷斑馬線的咽喉
並將「交通規則」
撕成交通燈柱上紅腫的眼

夜未央
──拙作《夜未央》截句

欲曙的山巒

隱隱

呼叫你的名字

回聲竟自晨星來

影子

對著太陽

腳下留著一抹影子

以及影子裡一個個的

故事

贊當宮
——道觀行之一

道經的唱頌聲仍然縈繞不去

以往寮里園的三幾老香客

圍坐泡著工夫茶

說著潮汕的風土人情

泰北記憶

美斯樂的空氣中似乎存著一抹
不知是櫻花或是罌粟的味道
恐怕也滲透著茶樹叢間略澀的
散落在雲之南的嗚咽

樓觀台印象

終南山偏徑信步招呼翠綠草葉

遇仙亭寂寥地拾著風

貼在斑駁的石牌上

不經意捲落村民歇腳留下的笑聲

劉瑞金

十二

作者介紹

　　劉瑞金，新加坡作家協會副會長，《新華文學》總編輯，五月詩社理事。創作以詩歌和散文為主，著有詩集《若是有情》、《用一種回憶拼湊叫神話》、《尋找詩》以及散文集《眾山圍繞》、《說散就散》，並且主編《新加坡的99幅文學風景》、《新馬文學高鐵之微型小說》等。1999年獲國家藝術理事會頒發青年藝術獎（文學）。

風景

窗外的雨一下就改變了風景
我在屋裡還在習慣風扇的轉速

距離

我和你在身體上保持在一米的距離
儘管在情感上那可能是咫尺或天涯

青春

有些東西不經意地就忘掉了
然後只能在回憶裡慢慢拾掇

回憶

看得見的是最真實的
已經看不見的才是最美的

口袋

雙手無處可放時只能儘量往裡探

然後故作瀟灑狀的什麼都不在乎

真顏

曾幾何時我只能在視訊中看見你的真顏

大街上的人們的容顏都變成了五顏六色

寫詩

我只不過是想寫一首詩

卻不經意地旅行到了遠方

陰影

陽光底下的我和我的陰影
夜晚不能成眠時躲在暗處的我和我的陰影

自己

當我在拼命尋找時

卻把最真實的遺漏在夢裡

顏色

我眼裡看到的五彩繽紛
在你眼裡可能只有黑色灰色與白色

沈斯涵

十三

作者介紹

　　沈斯涵，出生於新加坡，曾任記者、電視臺編導，也鍾情於研究明清史，創辦新加坡清史研究學會。在爬格子的當兒，也擔任新加坡五月詩社、新加坡作家協會及錫山文藝中心理事，依然在探索詩和文字的愛恨關係。

北京三部曲之京城

那城市裡點點燈光

竟然佈滿一路的繁華

一轉身點亮帝都的鋒芒

北京三部曲之黃包車

古都的靈魂早已蕩然無存

我是迷路的旅人

受困在屈辱與輝煌的胡同裡

走不出來，也未曾想過要離開

北京三部曲之北漂

夢想就在北方

最後卻只剩下空蕩

本來　　就不屬於我的地方

臺北雨天

卻始終在這濕漉漉的臺北，

任由雨滴穿過仍可被看穿的從前。

最後還是找不到適合字眼，

寫下那曾經鮮豔的離別。

荒蕪

沒有半點人煙

在匆匆腳步踐踏後

僅殘留下

對文字的思念。

西京長安

而今　老牆斑駁依然
一壺白月光輕踩著碎磚
如詩般
把舊事書寫在遠方。

牛車水・史密斯街

我用詩穿梭於騎樓之下

找尋曾經的五腳基人家

但始終看不見那歷史長辮尾巴

最後只能讓它隱沒在黑白照片裡的天涯。

深夜中環的當鋪

夜深後，

我將心事暫時抵押給黑夜。

天亮了，

它讓我再來把它贖回。

11:00PM@南鑼鼓巷

老胡同裡燈光　一盞　一盞　一盞

照不亮那六百多年的古老磚牆

而磚牆也擋不住來自遠方的橫蠻

全身被刀刻出一道道傷，黑暗中默默哭訴白天裡的慌

從你的世界路過

在掌心裡結成一張看似熟悉面孔

回憶繼續在人海裡沉沒

依舊　雨水朦朧

我輕輕地從你的世界　　路過

輯

王潤華

十四

作者介紹

　　王潤華，新加坡人，馬來西亞出生與長大，美國威斯康辛大學博士，曾任新加坡國立大學人文與社會學院助理院長、藝術中心副主任、中文系教授兼主任。退休後轉任元智大學人文與社會學院院長兼中文系主任。現任南方大學教授。獲得新加坡文化獎、亞細安文化獎、泰國的東南亞文學獎、元智大學傑出研究獎、南洋理工大學孔子學院南洋華文文學獎。學術著作有《中西文學比較研究》、《司空圖新論》、《魯迅小說新論》、《越界跨國文學解讀》等。詩散文創作有《南洋鄉土集》、《把黑夜帶回家》、《新村》、《重返詩抄鈔》、《重返馬來亞》、《南洋文學選集》等。

影子的家庭背景

我雖然是影子

只在神祕的夜晚演戲

我卻是光明的兒子

沒有燈光的普照，我就活不了

——截自《橡膠樹》之〈皮影戲〉

傀儡的自白

戲演完之後

如果你走進舞臺的後面

你會發現我們這些英雄美人

全是握在醜陋老人手中的傀儡

——截自《皮影戲》之〈橡膠樹〉

泂（河）

嘩啦啦的江水

以一把浪花

切開我──

我的聲音在右，遺體在左

──截自《內外集》之〈象外象〉

早（早）

太陽站在白茅上

飲著風

吃著露

將黑夜的影子吐在落葉底下

——截自《內外集》

屋外（一）

我是山茶

含苞三年

春天開後

竟不是花

——截自《內外集》

屋外（二）

我是明月

普照著冬夜

黎明

才發現被凍成一片白雪

——截自《內外集》

戒嚴後的新村（一）

草蟲與貓頭鷹，都不敢鳴叫
只有門口不遠處
池塘的生魚與鯉魚
還敢跳出水面，啄吃月色

——截自《新村》

戒嚴後的新村（二）

黎明，我推開大門

尋找月色在村裡的泥路上

發現作夜的狗吠

變成許多白色的反殖民主義的傳單

──截自《新村》

重返高速公路

棲息在路旁電燈柱上的是攝像機

不再是唱歌的燕子、百眉鳥

不會飛翔，貪心的啄吃汽車的牌號

英文字母與數目字，是它唯一的糧食

────截自《重返詩鈔》

重返新加坡港口

海邊的漁村與公園被拖拉機剷除
深黑的烏鴉、灰色的八哥、還有釣魚郎
都變成起重機，整齊站在海邊
飢餓的啄吃集裝箱的食物

——截自《重返詩鈔》

伍木

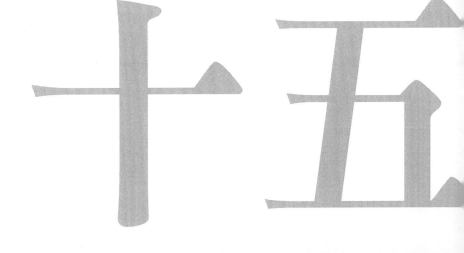

作者介紹

　　伍木，原名張森林，祖籍中國福建泉州晉江，1961年生於新加坡。1979年畢業於南洋初級學院，2007年北京師範大學文學學士，2011年新加坡國立大學文學碩士，2018年南洋理工大學哲學博士。現為新躍社科大學客座講師。著有詩集《十滅》、《等待西安》和《伍木短詩選》。主編/合編《新華文學大系・短篇小說集》、《新華文學大系・詩歌集》、《五月詩選三十家》、《情繫獅城：五十年新華詩文選》和《新國風：新加坡華文現代詩選》。

金絲猴

遠離人煙，淡泊地

潛修難以洞悉的禪理　　　若僧

悠閒地迴盪在

繁衍與絕滅的掙扎之中

白鰭豚

揚子江日夜奔流

有情似無情

淘盡我世代風華

朱鷺

跟蹌了數個世紀

猶有多少世人記得

我孱弱的名字？在乎

涉江的意義？

華南虎

曾經呼嘯，震撼山林

獨我　　獨尊

曾經嗜肉噙血，萬沒料到

日月不復滋潤我的精靈

梅花鹿

來世若不能化為永生的鳳凰

從火浴中回歸最初方位

即跌我入深邃的谷

帶一把訣別淚，淒美的永殤

丹頂鶴

虛枕山色千年

衣袂飄逸成仙

歇息水湄，歌罷一闋

如怨令

羚牛

空有矯健四肢，千鈞膂力

圖與恒古風雨拔河

終歸是悲壯的遊戲

白鸛

展翼遷徙的季節
把迢遙意志全都刻在
北國如松高樹上

雪豹

再兇暴也兇暴不過歲月這兇手
逃過清剿逃不過天譴厄運
有冰寒，自絕冷的背脊徐徐升起
我遂醉臥化雪

大熊貓

睜開惺忪雙眼，別過臉

不敢凝視清醒世間

裸裎黑白體色，轉過身

不敢憧憬七彩輪迴

註：這十首截句摘自伍木組詩《十滅──
　　瀕臨絕滅的十種詮釋》，原詩完成於
　　1992年10月，原載1993年7月8日新加
　　坡《聯合早報・文藝城》。

希尼爾

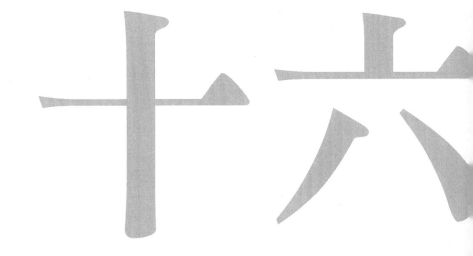

作者介紹

　　希尼爾，新加坡作家協會榮譽會長，世界華文微
型小說研究會副會長。曾獲得新加坡文學獎，國家文
化獎，東南亞文學獎及世界華文微型小說雙年獎等。
著有詩集《綁架歲月》及《輕信莫疑》，微型小說集
《生命裡難以承受的重》及《戀戀浮城》等。

病毒迫降

吃草藥，搶廁紙，囤糧食

量體溫，戴口罩，勤消毒

三八度，躲進陋室成一統

靜思索，管他隔離與封鎖

方言解「炎」

被撲滅了四十年的方言
在新冠狀肺炎的「疫」常時期
恣意猖獗了起來

附：阿嬤因病毒而離去，
　　阿嬤的母語因病毒而復活。

自然乘數法

山乘山等於嶺，樹乘樹等於林

山乘樹藏百翎，樹乘山顯空靈

山乘人不安寧，樹乘人接近零

宇宙守恆及其他

無從確定睪丸的偏擺與此定律的關係
人們習慣於用淺顯的邏輯做深奧的分析
譬如優生學的憂生，擁才論的庸才

江湖

太小，把俠士困得動彈不得

太雜，總分不清仇家

太深，讓人浮懸著，摸不著底

異夢

力拔山兮徒留一條大江的寂寞

今夜誰來一同夢囈，或者

夢遺？月亮月亮月亮

一日之計

不咕不枯，虛假的鳥聲

把我叫醒，戴上面具

我開始一日認真的生計

榜樣

不敢以詩人自居，不習離騷

只懂發牢騷，且高度荒廢

投江的本領

華文老師

兩個月前學生傳微信給主任Complained她

兩年前的學生把方塊文字丟回給她

二十年前的學生年年寄賀歲卡給她

母語遺恨

東京七日，英語難行

不曾遇見一個日本人

因為會說日語

就懊悔終生

輯

韓昕餘

十七

作者介紹

　　韓昕餘，祖籍山東青州。曾用名魏巍。新加坡永久居民，名人傳記、專訪作家、詩人、創意人、大型活動主持人。新加坡五月詩社社員。曾為新加坡國家發展部直屬機構簽約作家、研究員。中國花城出版社簽約作家。中國網路文學桂冠詩人。出版詩歌集《一棵開花的樹》、《秋千》等。

目色

我沒有辦法寫出哀傷的詩句

你在我的靈魂裡埋下烈酒，為黑暗放置燭臺

饑渴的心填滿你的目色，如同天空裝滿了天空

吻

你把蜜蜂領進我的心房

一萬隻工蜂寵愛著一隻蜂王

你的吻，只我一人獨享

樣子

枝頭上鳥兒銜來羽毛

你的樣子彌漫在光中

奪走了我目中的一切景致

預謀

我的身體充滿了你的語言

星空衝出我的眸　貪食的羊羔

低垂著被你寵壞的唇　如同我深切的預謀

雙手

閃著柔光的奶油　　滴著蜜糖的油壺

為什麼呀　愛人　你給了又要拿走

如你河流般的雙手　一去不回頭

火

啊　火　你是火

燒毀了我的內心　連我的虛偽也不放過

期待著被溫暖，又深恐悲慘地淪陷

影子

彷彿夢在夢中睡去　河流倒在地上
萬能的目光沉淪　就如被光明遺忘了一般
獨自黑著，黑到靈魂的深處。

渴望

我只想尋一棵開花的樹

你卻給了我一個花園

心被蜜蜂蜇了也無法抵禦對蜜的渴望

茁壯

我想吞下整個夜空

你伏在餐桌上的手　美得令木頭流眼淚

只要你在　你看那青色多麼茁壯

娃娃家

一塊藏著麥穗的化石，有美麗的村莊
眼睛如同花園　我們在裡面過娃娃家
做蜜蜂和蜜做的事情

月光

你月光一樣顫抖的眼眸

從高高的翠枝　發出銀色邀約

蔚藍色的靈魂充滿了太陽的內心

鄭景祥

作者介紹

　　鄭景祥，1971年出生於新加坡蔥茅園。新加坡國立大學畢業，寫詩也寫散文。曾任五月詩社秘書，現為作家協會副會長。獲得獎項有：「新加坡青年藝術家獎」、「新加坡全國詩歌創作獎」、「亞細安青年微型小說獎」及「世界華文報告文學獎」等。著有個人詩集《三十三間》、散文集《忘了下山》以及燈謎專著《謎島眾生》。

人到中年
——鄭景祥截句詩十首

黑斑即永恆

光陰的墨汁以臉做畫布

輕輕一揮就是永恆

比傳說中的蝴蝶更毒

像蝙蝠的翅膀遮蔽了月亮

奈何皺紋

所謂法令是每個人必須遵守的規律
沒有商榷也不容鬆弛
耗盡半生補救也只是自欺欺人
抬頭看見我們之間裂痕又加深

老回望青春

霧裡看花不再是一種浪漫
沒戴眼鏡只能詿騙自己
餐牌的蝌蚪是青春留下的挑釁
此後人生總是越遙遠越清晰

裝進眼袋

歲月悄悄走入視線

還沒來得及眨眼

故事已漸漸塞滿整個海灣

前世的揮霍下半輩子償還

老掉牙

要不是每次心跳都在撞擊我的痛

又怎忍將深植的你割捨

從此餘生空洞不再填補

把你從生命中抽掉縱使殘留我已壞死

放棄白髮

日子只會越搔越短

煩惱卻越洗越白

當少數漸漸顛覆成多數

再看是非黑白已不必分那麼清

肚腩圓謊

腰帶一點一點撐破真相
永遠吃不胖是中年才穿的謊言
變瘦的褲子一直躲在衣櫃裡守候
一個永遠無法再扣上的諾言

故意失眠

像一個中年騎士持長矛衝向風車
總不甘心就這樣平靜上床
哪怕是刷幾個視頻看幾頁書然後戰死沙發
也要向黑夜討回屬於我的公道

害怕健忘

昨天越思索越迷惘
把一同吃過的晚餐去過的景點
還有你的美悄悄收藏，害怕
忘記你白活一場

臨終妄想

所有年少未竟的狂想
壓縮在時間不夠的桶裡渴望兌現
寫詩流浪大醉狂歡這輩子太短
愛恨情仇剩餘時間要痛快活一趟

輯

周德成

十九

作者介紹

　　周德成，新加坡人，曾獲2014年新加坡文學獎、2009年金筆獎（詩）及數度全國書法比賽公開組冠軍。英國劍橋大學亞洲學博士在讀。曾任教於新加坡國大中文系和南大教育學院。寫詩、散文、專欄、影評，小說。新加坡作家協會副會長、書法家協會評議員、2011－7年新加坡作家節及2014倫敦圖書展新加坡推薦作家等。出版了詩集《你和我的故事》，有詩譯成英、法文，2012年巴黎詩歌節為歐洲藝術家再創作為後現代音樂、短片和繪畫。組詩《五種孤獨與靜默》改編成動漫短片，另五首詩被改編成七部短片。曾主編《新華文學》。

文明

車子駛於一條新建的高速公路

父親回頭對我說：

那是你曾祖100年前躺過的

　　　　　　　　　　　墳地

不被刊登的新聞

天災兼人禍

遇悍匪

據說還是慣犯

我的青春被劫

山無棱

如何盤根錯節

思念　　山壁上天崩地裂的紋理

去勾引溪穀凹凸的曲線

分

直到沒影的白晝

人比乾枯的影還瘦

那麼小的我

安插在十萬裡茫茫的陽光裡

理想

且不管上帝住不住無敵海景四十樓

電梯壞了

遂成

上樓下樓氣喘吁吁的死胖子

疤是一座斷橋

新與舊、生與死間
被炸毀的橋
這絕非彎彎明月渡河之處
是千里思念留駐、過不去之所在

亮晶晶

比起閃閃發光

星星摔死

是更轟動的新聞

開學首日

老師說
請把童真這玩具
留在家裡

錯誤

遇見熟悉的香水味

我回頭

知道不是妳

道德苦衷

天使被搞大肚子
為不生下魔鬼
決定去墮胎

周昊

作者介紹

　　周昊，新加坡南洋理工大學中文系碩士，曾獲李光耀金牌獎與許文輝優秀生等學術獎項，研究興趣領域為現代詩歌與文化研究。2007年開始詩歌創作，曾獲新加坡大專文學獎、詩歌節全國詩歌創作比賽獎、金筆獎等。作品與評論見於新馬、港臺與中國大陸的報刊雜誌。2014年與臺灣大學現代詩社成員合著詩歌作品集《流離語族》，2017年出版個人詩集《青光》。目前就職於新加坡報業控股旗下的《聯合早報》。

截事成詩

1.刷牙

沖刷殘留的夢
以機械的動作琢磨
如何薄荷
難以啟齒的齷齪

2.打領帶

陷入自己的圈套

被勒緊的生計拴起

牽引困獸

一次次輕生

3.寒暄

寒氣逼人

狹小的電梯裡

讓幾句可有可無

升降自如

4.叫外賣

饑餓的便利
在都市大小腸內
蠕動資本
人情味消化不良

5.打字

技術敲擊著我們

我們敲擊著文明

十指展開

像個爬行動物

6.撒謊

"　"

"　"

"　"

"　"

7.看新聞

秩序在燃燒

道德在燃燒

世界在燃燒

被口水

8.散步

讓心出走

也算奢侈行為

在有地圖的公園

刻意迷路

9.沖涼

在花灑下成長
越洗越髒
被灌溉不到的
世俗藤蔓

10.做惡夢

夢到佛洛伊德

喬裝成門衛

吆喝我走入半掩的門

有人在背後推我

2020年9月12、17日於新加坡

語言文學類　PG2492　截句詩系43

五月詩社截句選

主　　　編／郭永秀
叢書主編／李瑞騰
責任編輯／石書豪
圖文排版／陳秋霞
封面設計／劉肇昇

發 行 人／宋政坤
法律顧問／毛國樑　律師
出版發行／秀威資訊科技股份有限公司
　　　　　114台北市內湖區瑞光路76巷65號1樓
　　　　　電話：+886-2-2796-3638　傳真：+886-2-2796-1377
　　　　　http://www.showwe.com.tw
劃撥帳號／19563868　戶名：秀威資訊科技股份有限公司
　　　　　讀者服務信箱：service@showwe.com.tw
展售門市／國家書店（松江門市）
　　　　　104台北市中山區松江路209號1樓
　　　　　電話：+886-2-2518-0207　傳真：+886-2-2518-0778
網路訂購／秀威網路書店：https://store.showwe.tw
　　　　　國家網路書店：https://www.govbooks.com.tw

2020年12月　BOD一版
定價：390元
版權所有　翻印必究
本書如有缺頁、破損或裝訂錯誤，請寄回更換

國家圖書館出版品預行編目

五月詩社截句選 / 郭永秀主編. -- 一版. -- 臺
北市：秀威資訊科技, 2020.12
　　面；　公分. -- (語言文學類；PG2492)
(截句詩系；43)
　BOD版
　ISBN 978-986-326-853-6(平裝)

850.951   109014017

讀者回函卡

感謝您購買本書，為提升服務品質，請填妥以下資料，將讀者回函卡直接寄回或傳真本公司，收到您的寶貴意見後，我們會收藏記錄及檢討，謝謝！如您需要了解本公司最新出版書目、購書優惠或企劃活動，歡迎您上網查詢或下載相關資料：http:// www.showwe.com.tw

您購買的書名：_____

出生日期：_____年_____月_____日

學歷：□高中 (含) 以下　　□大專　　□研究所 (含) 以上

職業：□製造業　□金融業　□資訊業　□軍警　□傳播業　□自由業
　　　□服務業　□公務員　□教職　　□學生　□家管　　□其它_____

購書地點：□網路書店　□實體書店　□書展　□郵購　□贈閱　□其他

您從何得知本書的消息？

　　□網路書店　□實體書店　□網路搜尋　□電子報　□書訊　□雜誌

　　□傳播媒體　□親友推薦　□網站推薦　□部落格　□其他_____

您對本書的評價：(請填代號　1.非常滿意　2.滿意　3.尚可　4.再改進)

　　封面設計____　版面編排____　內容____　文／譯筆____　價格____

讀完書後您覺得：

　　□很有收穫　□有收穫　□收穫不多　□沒收穫

對我們的建議：_____

_____

_____

_____

11466
台北市內湖區瑞光路 76 巷 65 號 1 樓
秀威資訊科技股份有限公司　　　收
BOD 數位出版事業部

....

（請沿線對折寄回，謝謝！）

姓　　名：＿＿＿＿＿＿＿＿＿　年齡：＿＿＿＿　性別：□女　□男

郵遞區號：□□□□□

地　　址：＿＿＿＿＿＿＿＿＿＿＿＿＿＿＿＿＿＿＿＿＿＿

聯絡電話：(日)＿＿＿＿＿＿＿＿＿＿　(夜)＿＿＿＿＿＿＿＿＿＿

E-mail：＿＿＿＿＿＿＿＿＿＿＿＿＿＿＿＿＿＿＿＿＿＿＿